平方根

H e i h o u k o n

平井義雄川柳句集

Hirai Yoshio

SENRYU Collection

新葉館出版

川柳句集

平方根 ■ 目次

川柳句集 平方根

第一章 補助線

微力だが無力でないという誇り
ほどほどの嘘心地よく聞いている
志あるから強く生きられる

負け方の良さを褒められたくはない

トリックはなかった母の座り胼胝

依怙贔屓すると猫でも嫉妬する

進化する文化が老いを刺激する

善人が怒ると無事に終わらない

パチンコ屋までの男のプチ家出

薄氷をいっぱい踏んできたらしい

人間を語ると善か悪になる

相手の目じっと見詰める嘘もある

デッサンは下手抽象画なら描ける
酒が好き人間が好き好々爺
義理一つ果たして美味い酒になる

逆転で負けた男の無神論
プライドが付和雷同を遠ざける
大まかが好きでいつでも損をする

ＩＴ化まだ逆らっている背骨

ストレスが消えるときっと惚けてくる

脇役に徹した振りで満を持す

お世辞だと見抜く力は持っている

仲よしを出てアンテナの錆落とす

どの色を混ぜても動じない夫婦

干乾びた種も命を抱いている
藁つかむことなどなくて日向ぼこ
私はヒト科ヒト科に泣かされる

平穏な暮らし贅沢かもしれぬ
許される範囲で勝手しています
逆らわずだからといって靡かない

一筋に生きて余生にある自由
血の通う言葉理屈を捨てさせる
生きている証としての酒である

幸運と思う正しく生きている
ストレスを生む強過ぎる正義感
いいことが続いて薬飲み忘れ

描いて消し消しては描いている蛇足

怒声より無言の方が恐ろしい

心配は山ほどあるが恙無い

不器用な口は開かぬことにする
瞑想をすると海馬が甦る
激怒したアドレナリンが眠らせぬ

成功だ失敗だとて飲んでいる

一人でも孤独雑踏でも孤独

夫婦にも八百長があり面白い

追従も反抗もせず凪にいる
私には通用しない褒め殺し
回り道せずに歩いたのも自慢

ロボットを様で呼びたい時がある
無気力になる暇はない好奇心
筋道を通して汗をまた流す

尾を振らぬ男に似合う独り酒

幸せな余生だ酒と詩がある

言い当てるから悪いこと言わずおく

清濁を飲めるほど胃は強くない
欲しいのは存在感のある寡黙
噛み殺す笑みが背中に漏れている

邪魔になる疑心暗鬼を始末する

凡ミスをして凡人を自覚する

生き方が素敵と言われたい余生

円熟のペン行間も語らせる
子も孫も想定内のお人好し
天地人危ういものは人だろう

切り札のスローカーブはまだ投げぬ
毒を吐くたびに優しくなっていく
実績が裸の王様を嗤う

長編のドラマが老いにじれったい
逃げ道があると思うと気が弛む
念入りな助言を少し持て余す

正直が欠点なんて何を言う
過去形の話は楽しければよい
不平などないが満たされてもいない

逆らわぬことなどとても難しい
偽善だと思われたくはない背筋
惜敗の涙独りになってから

凡人に粋な別れが判らない
振り向くと過去の自分に叱られる
子の傘の広がりにもう負けている

幸運と不運あるから酒が要る
挨拶はにっこり笑うだけもよし
反論も空しい嘘を聞き流す

一本の補助線ヒントひねり出す
天職を得て職歴は唯一つ
見逃した絶好球は忘れない

悶々と山崎豊子読んでいる
子の傘が飛び出していく父の傘
限界を自覚眉間の皺が消え

赤点も満点もなく無事でいる

補助線をいっぱい引いて先を読む

どうしたら無になれるのか花の下

第二章　一億の母

お名前は存じてますと初対面

好奇心敢えて苦しい道を選る

切り札を持つと謀反を考える

字面だけ読むから視野が狭くなる

玉砕という語が父を呼び戻す

上を見て時々下を見る余裕

是是非非で決める私の浮動票
他人の目など恐くない自負がある
過去形のもしもを今日も切り刻む

真っ当で閻魔を騙すことはない
役不足だが手は抜かぬ馬の足
終章の地図にまだまだ道がある

ギャンブルに負けた話が裏にある
未完成そんな自分が面白い
謝って済むならこんな楽は無い

人間を続けあちこち汚れだす
生き下手が定石からは外れない
指切りはしない嘘つきにはならぬ

真っ白な賞罰欄がよく笑う
身に余る言葉に油断などしない
逃げ道はもう必要のない暮らし

過不足のない幸せで満ち足りる
礼賛の裏に時々鬼がいる
薄味に慣れ薄味が好きになる

割り切れぬことが多くて面白い

長生きをしたい図書館美術館

アナログ派時代遅れも何のその

私の影は謀反をしないはず
人の世に仏も鬼もいて愉快
戯れに曲ると道を見失う

否定より肯定をして楽になる

二度とない時間と知っていて遊ぶ

難問が解けた日の酒よく回る

責めるより許した方が楽になる

早や押しでないクイズならまだいける

理不尽を見返す汗が心地よい

めりはりのない一日を持て余す
生きるとは死ぬとは酒に語らせる
満ちる時欠ける時また酒になる

一手目を天元に打つ策もある
情報の欠片で風の向きを読む
幸せは無心になれる趣味がある

引き返せない道ばかり行く愉快
不器用で去なす躱すは馴染めない
融通のきかない脳がいとおしい

情報の海に決意を乱される
シンプルもいいが過ぎると味気ない
ユニークな脳が保守派に突き当たる

感性の貧しさ嘆く美術館
暇はある悪事企むほどはない
アドリブは嫌い自分を見失う

曲り角曲る勇気は持っている
口下手の持つ鉛筆がよく走る
気が多く座右の銘が決まらない

出る杭を励ます人もいてくれる
物差しを替えて視界を広くする
プライドを宥める酒が美味くない

向かい風追い風ともに恩がある
大声で泣く時真人間になる
善人の性善説は伊達じゃない

饒舌を欠伸ひとつで退治する
自分には負けぬライバルにも負けぬ
あるがまま生きて修正液無用

饒舌な人を短気が遠ざける

勝者より敗者に学ぶことがある

肩透かし嫌な手段だなと思う

どの町に行ってもゆるキャラに会える
冷めた目で他人を観察してしまう
賞罰も貸し借りもなし恙なし

損をしたようなマンネリの一日

どう生きたどう生きるかと独り酒

ごめんねと言うのは負けと限らない

誤解されても構わぬという寡黙
車座もいいが個性がぐずりだす
真っ当に生きて無用な正誤表

生き抜いた自信が過去を悔やまない
融通はきかぬが頑固とは違う
好奇心持って何でも適齢期

反論を探しあぐねて酔っている
説教は無用忠告なら聞こう
自棄酒の訳は聞かない方がいい

深読みが空回りする時の鬱

時々は子に心配をさせ元気

原本を読まぬ知識が行き詰まる

正義感出しても壁に弾かれる
正論を吐けと鏡がけしかける
叩かれてのびた杭には芯がある

根回しの酒と気付いてからの悔い

七時間寝て忙しいとは言えぬ

一億のそれぞれに一億の母

第三章　一羽目の鶴

聞き上手話の句読点を待つ
デジタルを嫌う軍手が擦り切れる
二度とない場面ばかりを生きている

仏にも鬼にも恩を返さねば
渋滞の先頭にまだならずいる
理不尽に思わず語気が荒くなる

模様編み妻は返事をしてくれぬ
老い二人どう描こうか四コマ目
辛酸を熟成させて糧とする

不器用を時々自慢する愉快
善人の自負が気にせぬ世間体
正義感一悶着を厭わない

沈黙も会話の一部二人きり

決断は固い雑音聞こえない

生涯に快挙はないが自負がある

観客は無用私の主演劇
時々は体に悪いこともする
持て余す内弁慶の正義感

知らぬ間という間があって現在地
裏話初めて聞いたのは弔辞
夢を持て夢は捨てろと小うるさい

一遍のドラマの種は持っている
出る杭を打つ人が居て鍛えられ
駆け引きは苦手一本道を行く

是是非非をＤＮＡが譲らない
正論にこだわり道が細くなる
馬鹿になりきれず胃痛と仲がよい

いい予感ばかりが当たる絶頂期

酒二合喜怒哀楽を中和する

想像の勝手は誰もとめられぬ

休刊と休肝ダブる日の虚脱

説明が字余りになる嬉しい日

成るように成るさと思いつつ悩む

謝った方が立派に見えてくる

アイディアが湧く耳鳴りはやんでいる

ハグよりも抱くという語の方が好き

平凡な暮らし自慢も卑下もせぬ
親友の苦言損得越えて来る
余生ではないと依怙地になる余生

足の裏押して明日のスケジュール
長生きのための小さな嘘がある
ライバルは居ない周りはみな恩師

たられば が雪辱心を弛ませる
信用がないから指切りをさせる
先ず動く答えは後についてくる

正眼に構える癖が直らない
衝突も妥協もあって道一つ
たられば を言うと悲しくなってくる

覚えては忘れ多機能遊ばせる

反論は胸でしばらく温める

馬鹿な振り出来ずストレスまた溜める

負けて勝つことが出来たが眠れない
怒ったら負けだと思いつつ怒る
知る幸があれば知らない幸もある

伸び代はまだある筈と上を向く

嬉しい日より酒が要る悔しい日

物騒な世を生き抜いている奇跡

アナログ派まだペン胼胝を持ち歩く

恨まれるほどは持論にこだわらぬ

自慢せず謙遜もせず和に溶ける

汗で得たものは宝になっていく
辛勝に一人笑いが込み上げる
集中をすると耳鳴りやんでいる

新語より死語に詳しい人になる

言い負けることに決めたら楽になる

高望み捨てて歩幅はマイペース

焼酎とカラオケで済むリフレッシュ
嘘を聞く耳がだんだん肥えていく
体力を忘れ気力がつんのめる

平凡な日だがやっぱり酒が要る

走ることやめたらきっと老いぼれる

もうだめと言えばほんとに駄目になる

老化して落ちにくくなる目の鱗
仏にも鬼にもなれぬから悩む
激怒して大笑いして中和する

不器用に生きて軸にはぶれはない

酒二合余計なことを喋りだす

名捕手の妻が後ろにいる安堵

幸運は神が見ていた汗の量
難問に出来る出来ると自己暗示
踏み台にされ負けん気が目を覚ます

二心なくて駆け引きには無縁
二次元で迷う四次元などとても
実直と愚直間違えては困る

笑い皺渋がゆっくり抜けた跡
鉛筆の芯をへし折る憤り
完璧は無理だと思うけど目指す

欠点を持ち欠点を笑わない

いつの間に重さを増した子の意見

千羽目の次一羽目の鶴を折る

第四章　スルーパス

鈍感を打たれ強いと誤解され
鉛筆も走ってくれぬ休肝日
愛も要る体力も要る老介護

省略の字句に思いを盛り付ける
転ぶのも立ち上がるのも足二本
控え目な脇役ならば地でいける

正論を吐いて孤立の席に着く
時々は開き直って立ち直る
子に勝てることがどんどん減っていく

褒め言葉いっぱい受けた子の素直
言い訳をDNAがしたがらぬ
まだ何か役に立ちたい喜寿傘寿

幸せなリズム夫婦の円舞曲
お世辞など言わぬやましいことはない
センサーの感度落ちたかたたたら踏む

褒めてから叱る言葉が効いてくる

無愛想と思われている人見知り

本心を隠す笑顔はまだ未完

井の中で満足しない夢がある
白髪には赤が似合うと着せられる
心まで若さ失わないつもり

過去という堆肥の上に今がある

マドラーで今日の苦楽を中和する

勝ち負けにこだわった日の不味い酒

煩悩があるから酒がまだ美味い
失敗は肥やし慰めなど無用
辞書を引き冷や汗をかくうろ覚え

言葉尻喜怒哀楽を隠せない
投げ返す石は持たないことにする
理に適う話が好きで浮いている

諍いで得るものはなし丸く居る

成り行きに任せじたばたせぬ余生

今日もまた無事でありたい髭を剃る

晩酌のつまみを思う午後三時
煩悩が消えたら惚けるかもしれぬ
たとえばの話に嘘が混ざり込む

採点の出ないカラオケなら歌う
まだ未熟まだ未熟だと自戒する
満点は要らぬ全力出せば良し

イレギュラー小石一個が笑いだす
約束を守る夜明けの原稿紙
前向きになれば感じる向い風

悪口も世辞も言わずに緑酒酌む

生き下手だけれど詐欺にはまだ会わぬ

子の奢りこんなに美味い酒はない

ネガティブになると老化が顔を出す
無関係なのだが腹の立つニュース
溜息か深呼吸かは問うでない

心地よく子の行き付けの店で呑む
口笛に老妻はもう振り向かぬ
先送りした反論が胃に溜まる

難病のように治らぬ人見知り

脅しには負けぬが涙には負ける

辛口に添えた人間味が光る

受け売りの蘊蓄直ぐに底を突き
おまけではないと余生を濃く生きる
意欲まだ盛ん燃え滓にはならぬ

最強の味方に見える聞き上手
愚痴言わぬ人に甘えていた迂闊
長生きのためと怒らぬことにする

飾っても飾らなくても身は一つ
はったりは決して言わぬ一本気
前例を破るとひとり浮き上がる

一本気過ぎてジョークに遠く居る

外出の後ろ髪引く妻の熱

名を馳せた鬼の持論が色褪せる

友の文気付け薬のように来る
いい助言貰って酒が美味くなる
しんみりと絆を思う妻の皺

晩学に知る喜びがまだ尽きぬ
鍛えれば結果は出ると疑わぬ
らが要るか要らぬか迷い深くなる

世辞言わぬ父の遺伝子継いでいる
ジーパンの穴に価値観揺さ振られ
一徹の性善説は母譲り

冷え性を今年も妻に笑われる

原点を絶好調が忘れさせ

馬鹿の振り本気にされる歳になり

母として子に慕われる妻の勝ち
最善を尽くすと腹が減ってくる
下心ないから省く修飾語

裏事情知らぬ外野が小うるさい
当人の笑うジョークが笑えない
成り行きの反論が直ぐ行き詰まる

メール打つ妻に時々無視される

無味無臭大吟醸に直ぐ飽きる

達筆で乱筆詫びるとは嫌味

銃よりもペンが強いと信じたい

そこら中濡らし男の皿洗い

快感の極限にあるスルーパス

第五章　平方根

我儘を許せないから肩が凝る

取説の同じページを何度読む

裏話知らず見事な負け戦

軍配は妻の手にあり恙無し
思慮深いいいえ優柔不断です
生き下手を少し自慢にして生きる

札束を積まれてみたい無位無冠
あるがまま生きてお世辞に遠くいる
老妻の荷を軽くする皿洗い

激怒した時の無口が効いてくる
何もかも妻頷いてからのこと
スランプになるほどレベル高くない

上ばかり見て見逃した落とし穴
皮肉にも取られかねないから褒めぬ
裏を読み過ぎて味方を見失う

前例が立ち塞がって譲らない
嫌な人ドーモドーモで切り抜ける
外出の予定はないが髭を剃る

労わりの言葉に負けを知らされる

新人のくせにと言われ向きになる

嫌いとも好きとも言わず妻と居る

買い被りされてつまらぬ鬱になる

最初はグウ善人次もグウを出す

突っ張っている片意地をいとおしむ

マイペース直ぐ崩されるお人好し
気の回る人に思考を邪魔される
子にはもう父の力は頼りない

偏見の批判見返す汗を積む

ＡＩに感性だけはまだ負けぬ

退屈に無縁余生は今佳境

騙すのも騙されるのも意に染まぬ
言い訳が上手に出来た日の孤独
囲まれて居たいが独りでも居たい

惜敗は泣き惨敗は照れ笑い

二進法には馴染めない老いた脳

靴下を丸く脱いだら叱られる

反骨の芯がだんだん細くなる

坦々と賞罰なしをよしとする

補聴器を外して蝉を黙らせる

自分だけしか歩けない道を行く
飲み込みは早く忘れるのも早い
不器用を庇う努力と汗がある

聞き直し聞き直されて笑い合い
生きてさえいれば何とかなるという
無欲だと言いつつ長生きを願う

子がくれた補聴器で聞くいい話

隠したい本音が覗く言葉尻

錆び付いて釘は厄介者となる

生真面目がまだ神の目にとまらない
腹立てるなと言い聞かせニュース見る
尻尾振ることが苦手で割を食う

父譲り愉快な酒を褒められる

正論を譲らぬ声が裏返る

晩学にまた反骨が蘇る

未知数がまだごろごろとある余生

是是非非を通すと壁に突き当たる

逆鱗も抜け丸腰になる余生

濡れ衣を着て善人を脱ぎ捨てる
惜敗の方程式がまだ解けぬ
成るように成るものなのにまた尖る

親の真似したくはないが似てしまう

ありがたい時間も金も余らない

度忘れが歯痒いうちは大丈夫

正解は一つが好きな技術系
元気かと問われて元気だと気付き
ライバルに別のライバル居た焦り

町内で妻の知名度には負ける
草臥れた脳の初期化が難しい
ＦＡの権利を妻がほのめかす

同情の顔に優越感にじむ
正直に言えば言ったでまた揉める
筆算で平方根をまだ解ける

悪友の小言に酒がまた弾む

辛酸を舐めてけじめを身につける

流行に腹が立ったら老いている

詫状の達筆にまた腹が立ち
知らぬこと知らぬと言ってほっとする
弱点を晒して少し強くなる

輪の中に居てアンテナを錆びさせる
とんとんでよし受けた恩返す恩
勧善懲悪唱えてばかりいる

突っ掛けを履いてデジタル化を嗤う
悪友の良さが妻には判らない
真実は一つこだわる左脳系

聞き分けのよかった子等に恩がある
寡黙だが秘密はさほど持ってない
一粒の種に魔法が詰めてある

ロボットが二足で立ってヒト科追う

少年の机はきっと小宇宙

暇だから平方根を解いている

あとがき

二年前、新葉館の竹田麻衣子さんからご夫婦で句集を出されませんかとお誘いがあった。その時、二人同時に出すのはどうかなと思い、妻翔子に先に出させ私は後から出すことにした。一年後くらいにはと思っていたが二年もかかってしまった。今年は傘寿と川柳歴二十年を迎える記念すべき年であり丁度よかったと思っている。

三十年ほど前、妻の実家に飾ってあった短冊の句「市場籠子供の好きなものばかり」（義母の句）を読んだ時のほのぼのとした気持ちが忘れられなかった。その時に、退社後の趣味は川柳だと心に決めた。

平成十一年四月、退社を待てずその一年前にＮＨＫ学園川柳講座「入門」の受講を開始した。ＮＨＫ学園の講座、新聞の柳壇、各種の大会などに出した私の句に対して講師や先輩の方達からは「あなたの句は理屈っぽい」という評があったと記憶している。

その後二十年、少しは理屈っぽさが抜けたとは思うが、工学部を出て物作りに専念した左脳系の脳の回路はそう簡単には変わってくれそうもない。

理屈っぽいか否かは別にして、これからも故大木俊秀先生の教えである「ハッとする句」、「ポンと膝打つ句」を目指したいと思っている。

最後に、お誘いをいただいた竹田麻衣子さん、応援してくれた妻翔子と子供達に心から感謝します。

平成三十一年一月吉日

平井　義雄

【著者略歴】

平 井 義 雄（ひらい・よしお）

1939年　福岡市生まれ
1961年　九州工業大学卒業
1961年　三菱製鋼株式会社入社
1999年　ＮＨＫ学園川柳講座「入門」受講を開始
2002年　長崎番傘川柳会入会
2006年　番傘川柳本社同人
2011年　ＮＨＫ学園　文部科学大臣賞受賞
2013年　ＮＨＫ学園川柳講座　講師
2015年　一般社団法人　全日本川柳協会常任幹事

平方根

○

平成 31 年 3 月 10 日　初版発行

著　者
平　井　義　雄

発行人
松　岡　恭　子

発行所
新 葉 館 出 版
大阪市東成区玉津 1 丁目 9-16 4F　〒537-0023
TEL06-4259-3777 FAX06-4259-3888
http://shinyokan.jp/

印刷所
名鉄局印刷株式会社

○

定価はカバーに表示してあります。

ISBN978-4-86044-576-8